MAGASIN

THÉATRAL,

CHOIX DE PIÈCES NOUVELLES

JOUÉES SUR TOUS LES THÉATRES DE PARIS.

THÉATRE DU VAUDEVILLE.

LA FOLIE BEAUJON,

Vaudeville en un acte.

PARIS.

MARCHANT, ÉDITEUR,

BOULEVART SAINT-MARTIN, 12;

BRUXELLES,

A LA LIBRAIRIE BELGE-FRANÇAISE, MONTAGNE DE LA COUR, 26.

1858

Publications du Magasin Théâtral.

M. ALEXANDRE DUMAS.

ANTONY , Drame en cinq actes.................................... 8 s.
THERESA , Drame en cinq actes.................................... 8 s.
CATHERINE HOWARD, Drame en cinq actes. .... 8 s.
ANGÈLE , Drame en cinq actes..................................... 8 s.
LE MARI DE LA VEUVE , Comédie en un acte.................. 4 s.
CHARLES VII, Tragédie en cinq actes............................. 8 s.
NAPOLÉON, Drame en cinq actes.................................. 8 s.
DON JUAN DE MARANA , Mystère en cinq actes................. 8 s.
KEAN , Comédie en cinq actes..................................... 8 s.
PIQUILLO , Opéra-Comique en trois actes........................ 8 s.
CALIGULA, Tragédie en cinq actes, en vers, et un Prologue..... 8 s.

M. SCRIBE.

SALVOISY , Comédie-Vaudeville en deux actes................... 8 s.
LESTOCQ , Opéra-Comique en quatre actes........................ 8 s.
LA FRONTIÈRE DE SAVOIE, Comédie-Vaudeville en un acte.. 4 s.
L'AMBITIEUX , Comédie en trois actes............................. 8 s.
ESTELLE , Comédie-Vaudeville en un acte........................ 4 s.
ÊTRE AIMÉ OU MOURIR , Comédie-Vaudeville en un acte.... 4 s.
LE CHEVAL DE BRONZE , Opéra-Comique en trois actes,..... 8 s.
LE PORTEFAIX , Opéra-Comique en trois actes.................. 8 s.
LA PENSIONNAIRE MARIÉE , Comédie-Vaudeville............. 6 s.
VALENTINE , Drame-Vaudeville en deux actes................... 8 s.
ACTÉON , Opéra-Comique en un acte.............................. 8 s.
LES CHAPERONS BLANCS , Opéra-Comique en trois actes. ... 8 s.
CHUT ! Comédie-Vaudeville en deux actes........................ 8 s.
UNE CHAUMIÈRE ET SON COEUR, Com.-Vaud. en 2 actes... 8 s.
SIR HUGUES DE GUILFORT, Comédie-Vaudeville en 2 actes.. 8 s.
LE FILS D'UN AGENT DE CHANGE , Vaudeville en un acte. 4 s.
L'AMBASSADRICE , Opéra-Comique en trois actes............... 8 s.
L'ÉTUDIANT ET LA GRANDE DAME , Vaudeville en 2 actes. 8 s.
LE DOMINO NOIR , Opéra-Comique en trois actes.............. 8 s.

M. CASIMIR DELAVIGNE.

LES ENFANS D'ÉDOUARD , Tragédie en trois actes............. 8 s.
MARINO FALIERO , Tragédie en trois actes....................... 8 s.

M. DE ROUGEMONT.

LA FILLE DU COCHER , Vaudeville en deux actes............... 4 s.
LA DUCHESSE DE LA VAUBALIÈRE , Drame en cinq actes. 8 s.
LÉON , Drame en cinq actes.. 8 s.
EULALIE GRANGER , Drame en cinq actes........................ 8 s.

M. CH. LAFONT.

LA FAMILLE MORONVAL , Drame en cinq actes................. 8 s.
JAFFIER , Drame en cinq actes..................................... 8 s.
LE CHEF D'OEUVRE INCONNU , Drame en un acte. .... 8 s.

SCÈNE XVI.

LA FOLIE BEAUJON,

ou

L'ENFANT DU MYSTÈRE,

VAUDEVILLE EN UN ACTE,

Par MM. Dupeuty et Rochefort,

REPRÉSENTÉ POUR LA PREMIÈRE FOIS A PARIS, SUR LE THÉÂTRE DU VAUDEVILLE, LE 27 DÉCEMBRE 1837.

PERSONNAGES.	ACTEURS.	PERSONNAGES.	ACTEURS.
BEAUJON, banquier de la cour.	M. LEPEINTRE jeune.	Mlle DUTHÉ	Mlle H. BALTHAZARD.
ALTAMORE PATIRAT, son frère de lait.	M. BARDOU.	Mlle LAGUERRE } de l'Opéra.	Mlle FORTUNÉE.
PARIS MILLER, luthier de Munich. . . . . , ...	M. ARNAL.	Mlle PRAIRIE }	Mlle ADÈLE.
LE MARQUIS DE BIÈVRE. .	M. FONTENAY.	CHARLOTTE BRUNER, filleule de Beaujon.	Mlle JOSÉPHINE.
		DAMES, SEIGNEURS DE LA SOCIÉTÉ.	

La scène est à Paris, en 1778, à la Folie Beaujon.

Le théâtre représente un riche salon. Porte au fond dounant sur un jardin. Cabinet à droite et à gauche. A droite, une table de jeu. Au fond, à gauche, une autre table. Tableaux, chaises, etc.

SCENE PREMIERE.

CHARLOTTE, ALTAMORE, *l'entraînant par la main et cherchant à l'embrasser.*

ALTAMORE. Je l'aurai !

CHARLOTTE. Vous ne l'aurez pas !

ALTAMORE. J'ai le droit de vous emprunter un baiser, puisque nous sommes fiancés !

CHARLOTTE. Oui ; mais notre mariage n'est pas encore fait !

ALTAMORE. Il n'y a pas, que je sache, une autorité terrestre ou céleste qui puisse empêcher nos nœuds... Vous me plaisez, parce que, Charlotte, vous êtes d'une sagesse évangélique !... Je vous plais, parce je suis d'une beauté supérieure !... ce qui dénote que nous sommes faits l'un pour l'autre.

CHARLOTTE. Ce n'est pas encore bien sûr! il faut attendre...

ALTAMORE. Attendre... quoi? des cheveux gris et des lunettes pour voyager ensemble à Cythère?

CHARLOTTE. C'est que je me trouve très-contente, moi, dans mon état de demoiselle; fille d'un petit receveur des tailles de la Bavière, j'ai eu le bonheur d'avoir pour parrain M. Beaujon, lorsqu'il fit, il y vingt ans, un voyage en Allemagne.

ALTAMORE. Je suis bien plus heureux que vous, puisque j'ai l'avantage d'être son frère de lait, à ce même Beaujon!

CHARLOTTE. Je me trouvai orpheline à neuf ans; mon parrain me prit avec lui, et depuis il m'a confié la surveillance de toute sa maison.

ALTAMORE. Et moi donc! étant né d'un père et d'une mère de Gascons... Frérot, autrement de Beaujon, mon frère de lait, me fit extraire de Bordeaux pour m'incorporer dans les gabelous.

Air : *C'est le soldat du régiment.*

A présent j'brille par ma tenue,
Dans les palais je suis admis,
Ma langue m'est bien plus connue,
J' perds mes *Sandis*, mes *Cadédis*.
A Bacchus ainsi qu'aux d'moiselles,
Je plais indubitablement;
Car je sais enivrer les belles
Par un dialogue charmant!...
Et le gabelou d'vient à son tour
Le contrebandier de l'amour.

CHARLOTTE. Votre place de gabelou, vous ne l'avez pas gardée long-temps, puisque six mois après l'on vous a renvoyé!...

ALTAMORE. Pourquoi renvoyé?... parce que j'étais plus crâne, plus brettailleur que non pas les autres!... Alors, Beaujon, il me dit : Te voilà, mon cher, sur le pavé du roi... viens un peu chez moi, Léonard Patirat; mais tu quitteras ton nom de village, je te débaptise et te rebaptise Altamore! parce que ce petit nom il faisait beaucoup rire Mlle Duthé, voyez-vous?

CHARLOTTE. Mlle Duthé a tant de pouvoir sur mon parrain!

ALTAMORE. Trop! beaucoup trop, mademoiselle Charlotte!...ça finira par changer tous les palais Beaujon en chaumières.

CHARLOTTE. Témoin cette propriété où nous sommes, qui s'appelle la *Folie Beaujon*, et qu'il donnera quelque beau jour à Mlle Duthé, puisqu'elle l'habite déjà.

ALTAMORE. J'avais conseillé à Frérot de se remarier, afin de se procurer des enfans qu'il aime beaucoup!... Mais il m'a répondu qu'il était trop vieux et trop riche pour une seule femme... c'est drôle!

CHARLOTTE. Eh bien! et vous qui êtes du même âge que lui, vous voulez bien m'épouser?

ALTAMORE. Oui, je veux que vous prononciez avec moi le juron fortuné.

CHARLOTTE. Je ne sais pas jurer!

ALTAMORE. Mais songez donc, ma fauvette, que Frérot vous donnera une dot de trente mille livres tournois!

CHARLOTTE. Oh! ce n'est pas ça qui me séduirait, monsieur Altamore!... et si je n'avais pas gardé un souvenir d'enfance...

ALTAMORE. Quel souvenir... de quelle enfance?

CHARLOTTE. Un cousin avec lequel j'ai été élevée en Allemagne, et que j'aimais comme un frère!

ALTAMORE, *avec énergie*. Laissez donc tranquille, mademoiselle Charlotte!... il faudrait pas que ce petit cousin paraîtrait jamais devant mes yeux, car je suis jaloux comme le panthère de M. Buffon, voyez-vous!... Je lui mettrais dans son corps quinze pouces d'acier... qui l'enverrait en voiture sur l'amphithéâtre du frère Côme!

CHARLOTTE. C'est affreux, ce que vous dites là!...

ALTAMORE. Je sais bien que c'est affreux; mais c'est tout de même!...

CHARLOTTE. Heureusement que mon cousin est loin d'ici et qu'il ne vous craint pas.

ALTAMORE. Ne parlons plus de ce bijou d'Allemagne... j'aperçois là-bas, dans le jardin, Mlle Duthé avec Mlle Laguerre, Mlle Prairie et M. le marquis de Bièvre... ils se promènent en bateau sur le canal... Tenez, regardez donc... on dirait qu'ils vont chavirer.

CHARLOTTE. Ah! je cours au jardin pour les secourir!...

ALTAMORE. Oh! les voilà... M. de Bièvre aussi, bon!... nous allons entendre des calembourgs... j'en prendrai note pour mon instruction.

SCÈNE II.

ALTAMORE, Mlles DUTHÉ, PRAIRIE, LAGUERRE *et* DE BIÈVRE, *arrivant toutes par le fond, avec colère.*

CHOEUR.

Air: *On se livre au plaisir.*

Ah! pour nous quel émoi!
Mais c'est presque un naufrage!
Quoique sur le rivage,
J'en tremble encor d'effroi..

DE BIÈVRE, *riant*. Mesdames, mesdames, calmez-vous, ce n'était qu'une plaisanterie !

Mlle DUTHÉ. Elle est d'aussi mauvais goût que vos calembourgs.

DE BIÈVRE. Allons, ne me grondez pas, mes belles divinités !... j'ai voulu vous donner une petite émotion.

Mlle DUTHÉ. Voilà qui est fort joli !... pour nous amuser... vous avez pensé nous faire noyer.

DE BIÈVRE. C'était impossible !... les *charmes* ne peuvent pas être *noyers* !

ALTAMORE. Des *charmes* !... *noyés* !... c'est un joli mot !

Mlle DUTHÉ. Ah ! c'est vous, Altamore... savez-vous pourquoi Beaujon n'est pas encore venu ?

ALTAMORE. Je n'ai pas vu Frérot depuis hier, et il m'a dit de venir ici avec Mlle Charlotte, pour la grande partie de jeu que vous devez donner ce soir.

Mlle PRAIRIE. Qu'est-ce que nous allons faire pour passer le temps jusque là ?

DE BIÈVRE. Voulez-vous essayer l'escarpolette ?

Mlle LAGUERRE. Par exemple ! pour nous faire perdre la tête !...

DE BIÈVRE. Oh ! mademoiselle Laguerre, on sait qu'il n'y a que le duc de Bouillon qui ait ce privilége-là !...

Mlle LAGUERRE. Je ne m'en défends pas... le duc est si galant... si passionné !...

DE BIÈVRE. Oui, c'est un bouillon brûlant qu'on aura bien de la peine à vous souffler.

ALTAMORE. Un bouillon ! il est bon celui-là...

Mlle LAGUERRE. Encore !... en vérité, marquis, vous abusez du droit de dire des sottises !... vos calembourgs vous perdront dans l'opinion publique.

DE BIÈVRE. Pourquoi donc ça ?... on les cite partout ! (*Il remet à Duthé une brochure qu'il tire de sa poche.*) Tenez, lisez le Mercure de France.

Mlle DUTHÉ, *lisant*. Et vous avez l'audace de laisser imprimer cela !

DE BIÈVRE. C'est un vol qu'on m'a fait... d'ailleurs on met tant de choses sur moi, que la moitié de Paris est l'auteur de mes mots.

Mlle DUTHÉ, *qui a parcouru le journal tout bas*. Ah ! mesdames, voici une nouvelle assez piquante. On a chanté hier chez le duc de la Vrillière, un pont-neuf sur Mlles Duthé, Laguerre et Prairie.

TOUTES. Un pont-neuf sur nous ?

DE BIÈVRE. J'en ai entendu parler ! il court depuis un mois ; mais je n'ai pas encore pu l'attraper tout entier, je n'en ai retenu que ce couplet.

AIR : *La bonne aventure.*

A Beaujon il faut Duthé,
  C'est sa fantaisie,
Soubise avec volupté,
  Aime la Prairie ;
Mais Bouillon, qui pour son roi,
Mettrait tout en désarroi,
  Préfère Laguerre,
    O gué !
  Il aime Laguerre.

Mlle LAGUERRE. N'est-ce pas vous, marquis, qui avez fait cet impromptu ?

DE BIÈVRE. Moi !... vous savez bien que je ne fais et ne dis que des sottises.

Mlle LAGUERRE. C'est précisément pour cela que je vous l'attribuais.

DE BIÈVRE. Bien reconnaissant de ce que vous me déclarez, Laguerre...

ALTAMORE. Celui-là, je le tiens !... non, je ne le tiens pas.

Il cherche.

SCÈNE III.

LES MÊMES, CHARLOTTE.

CHARLOTTE, *tenant une lettre*. Mademoiselle Duthé, voilà un billet qui vous est adressé par M. Beaujon.

Mlle DUTHÉ, *la prenant*. Donnez. (*Elle ouvre la lettre et lit.*) « Ma toute bonne, je » suis accablé d'affaires, je ne pourrai me » rendre chez vous que dans la soirée ; en » attendant, je vous adresse un provincial » que je n'ai pas eu le temps de recevoir » et qui s'est présenté chez moi avec une » lettre de recommandation. Mon secré- » taire m'a dit qu'il a la mine d'un sot ; » je vous le livre pour vous en amuser » tout à votre aise. » (*S'interrompant.*) Nous qui étions embarrassés pour passer le temps ! voilà justement ce qu'il nous faut... (*Reprenant sa lecture.*) « Il se nomme » Pâris Miller... »

CHARLOTTE. Pâris Miller ?. .

ALTAMORE. Eh bien ! quel intérêt prenez-vous ?...

CHARLOTTE. Oh ! rien, c'est que je pensais à ce pauvre jeune homme.

ALTAMORE. Je lui veux jouer des tour à me rouler de rire tout seul !...

Mlle DUTHÉ. Il n'y a pas de mal à cela ; Beaujon est accablé de ces solliciteurs de province qui le persécutent pour avoir des places ; il faut nous venger sur celui-ci pour décourager les autres.

ALTAMORE. C'est ça !... vengeons Beaujon !

Mlles LAGUERRE et PRAIRIE. Mais cependant...

DE BIÈVRE. Mlle Duthé a raison ; vous ne savez pas, mesdames, qu'il y a des indiscrets qui ont été jusqu'à lui demander satisfaction de ce qu'il refusait de leur donner des places ; mais il a imaginé un moyen très-neuf de s'en débarrasser.

ALTAMORE. Je le connais le moyen !

DE BIÈVRE. J'ai déjà une mystification toute prête pour le nouveau venu.

ALTAMORE. Moi, je n'ai rien du tout ; mais je trouverai.

CHARLOTTE, à part. Moi, je veillerai sur lui.

Mlle DUTHÉ. Surtout, mademoiselle Charlotte, pas un mot de nos projets.

Mlle PRAIRIE. N'avez-vous pas dit qu'il se nommait Pâris ?

Mlle DUTHÉ. Oui...

Mlle PRAIRIE. Eh bien ! il faut d'abord savoir laquelle de nous trois lui plaira le plus.

Mlle DUTHÉ. J'y consens ; et celle-là sera condamnée à s'en faire aimer en employant tous ses moyens de séduction, jusqu'à la fin de la journée.

CHARLOTTE, à part. Quelle horrible trahison !

DE BIÈVRE. Allons, mesdames, voilà la guerre de trois rallumée !

Mlle DUTHÉ. Altamore, écoutez !

Elle lui parle bas.

ALTAMORE. C'est convenu.

On entend le son d'une grosse cloche.

Mlle LAGUERRE. On sonne à la grille (Toutes s'approchent de la fenêtre.) C'est lui !...

Mlle DUTHÉ. Altamore, allez vite...

ALTAMORE. J'y cours... venez avec moi, mademoiselle Charlotte.

Il sort avec elle.

Mlle DUTHÉ. Vous, mademoiselle Laguerre, qui êtes une des gloires de l'Opéra, placez-nous en groupe comme dans nos ballets.

Elles se posent à gauche comme le groupe des trois grâces ; de Bièvre se cache derrière le rideau de la fenêtre.

SCÈNE IV.

LES MÊMES, PARIS MILLER, entrant par le fond ; il a un bandeau sur les yeux, et deux domestiques le tiennent par les bras, ils le laissent à l'entrée et disparaissent

PARIS. Alors, exécrables scélérats, lâchez-moi...

DE BIÈVRE. On ne vous tient plus.

PARIS, se tâtant les mains. C'est par Dieu vrai... je retrouve mes deux mains ! (Il arrache son bandeau ; il voit les trois femmes.) Ciel !... un groupe des trois plus belles moitiés du genre humain !

AIR : L'amour.

O prestiges trompeurs !...
Quoi, trois enchanteresses !
Suis-je chez des princesses,
Ou bien chez des voleurs !
Avouez sans détour
Si de moi l'on abuse,
Qui donc ici s'amuse ?

TOUTES TROIS.

L'amour !...

PARIS. Ah ! mesdames, vous me plongez dans un état de surprise fort neuf !... Jouons-nous ici une scène de l'Olympe... ou à Colin-maillard ? Vous avez bien un faux air de Junon, Pallas et Vénus, mais moi, chétif, que suis-je ?

Mlle DUTHÉ. Pâris !

PARIS, vivement. Pâris ! oh ! par là, ventrebleu, je comprends !... Une pomme !... qui est-ce qui aurait une pomme à me prêter ?... je me rappelle qu'en partant j'avais des oranges (il se fouille ; et s'adressant à Mlle Duthé.) C'est à vous, belle inconnue, que je la donne.

Mlle DUTHÉ, tendant la main et riant. C'est un citron !...

PARIS. Un citron ! c'est un voyageur qui aura commis cette substitution dans la voiture publique... mais n'importe, je vous en fais hommage.

Mlle DUTHÉ. Je l'accepte avec plaisir de votre galanterie.

PARIS. A présent, mesdames, expliquez-moi dans quelles localités je me trouve inclus ; mon cœur a palpité d'effroi comme un pigeon quand vos valets se sont emparés de moi en entrant pour me métamorphoser en amour... et, je vous avoue, au nom de ce qu'il y a de plus sacré, que je me suis cru dans une caverne de brigands.

DE BIÈVRE, s'approchant de lui et lui frappant sur l'épaule. Vous ne vous êtes pas trompé tout-à-fait, jeune homme.

PARIS. Comment ?

DE BIÈVRE. On vole ici les cœurs à main armée!

PARIS. Les cœurs! ce n'est pas de l'argent monnayé.

Mlle DUTHÉ. Rassurez-vous, monsieur, on nous avait annoncé votre arrivée, et nous avons voulu...

PARIS. Faire une espiéglerie? Comment donc, mais je suis très-fier d'y avoir prêté le flanc!... je sais qu'on passe tout aux dames, seulement, au bout de tout ça, je voudrais savoir où est M. Beaujon, mon protecteur.

Mlle DUTHÉ. Avant tout, dites-nous qui vous êtes.

DE BIÈVRE. Venez-vous du Poitou ou de la Saintonge?

PARIS. Non, inconnu, je viens de la Bavière.

Mlle DUTHÉ. Vous n'êtes donc pas Français?

PARIS. Je suis de Munich; le mystère le plus compliqué s'est étendu sur ma barcelonnette: ma mère m'a toujours été inconnue; elle disparut de la Bavière à l'époque de ma première dent.

DE BIÈVRE. Et votre père?

PARIS. Lui! c'est bien différent, on n'en a jamais, au grand jamais entendu souffler ce qui s'appelle le mot... j'ai été laissé à mon oncle Miller, ancien maître d'armes, et pour le moment marchand d'instrumens de musique.

AIR : *Vaudeville du printemps.*

Dès ma plus tendre adolescence,
Sans savoir d'où je suis venu,
J'ai grandi dans mon ignorance,
Je me suis encore inconnu...
Ne pouvant m'expliquer ma naissance,
Sur ma famille, hélas! je gémissais!
Je pleure toujours quand j'y pense;
Mais par bonheur je n'y pense jamais.

DE BIÈVRE. C'est une consolation!

PARIS. Parvenu au milieu de ma croissance, mon oncle m'envoya à Nancy pendant six ans, pour apprendre à faire des guitares, des lyres et autres luths!...

DE BIÈVRE. Alors, vous devez être très-fort sur la corde?

PARIS. Comment? Ah! la corde instrumentale!... Ceci est un jeu de mots, autant que je puis m'y connaître., ah! ah! Mon séjour en France avait produit un événement on ne peut plus curieux.

DE BIÈVRE. O mon Dieu!... un malheur?

PARIS. Mon intelligence s'étant déve-

loppée d'une manière impromptue, mon oncle me trouva trop d'esprit pour croupir dans les guitares... mes yeux s'étaient affaiblis, j'avais besoin de consulter un chirurgien.

DE BIÈVRE. Bien vu!

PARIS. Bien vu!... ah! ah!... Mon oncle Miller me dit que l'explication d'un grand secret m'attendait à Paris... Il me rappela que j'y avais une jeune parente que M. Beaujon devait connaître, et me remit une lettre pour ce célèbre banquier, afin qu'il me trouve une bonne place très-promptement, qu'il me procure ma cousine immédiatement et qu'il m'indique un oculiste subitement.

DE BIÈVRE. Je comprends parfaitement.

Mlle PRAIRIE, *passe à la gauche de Pâris et lui fait une très-grande révérence.* Si la protection du prince de Soubise vous est nécessaire?

PARIS, *saluant.* Ce n'est pas méprisable!

Mlle LAGUERRE, *à droite de Pâris; elle lui frappe sur l'épaule, il se retourne; Laguerre lui fait une révérence.* M. le duc de Bouillon est très-bien en cour, et je me charge de vous présenter chez lui.

Elle le salue encore et remonte la scène.

PARIS. J'irai m'y faire voir!

Mlle DUTHÉ, *bas à Paris.* J'ai quelque chose de bien plus intéressant à vous annoncer, moi.

PARIS. A moi?

Mlle DUTHÉ, *à de Bièvre.* Emmenez ces dames.

TOUTES TROIS.

AIR *d'Elle est folle.*
A l'ombre du feuillage épais,
Allons dans les bosquets,
Je vous dirai tous mes secrets
Et mes nouveaux projets.

De Bièvre sort avec Mlles Laguerre et Prairie.

SCENE V.

Mlle DUTHÉ, PARIS.

Mlle DUTHÉ, *à part.* Essayons si ce cœur ingénu comprendra quelque chose à l'amour.

PARIS, *à part.* Ce qui me tourmente le plus, c'est de savoir quel est le fourbe qui a mis dans ma poche un citron pour une orange.

Mlle DUTHÉ. Je suis bien aise, monsieur Pâris, que nous nous trouvions seuls.

PARIS. Moi de même, charmante femme que vous êtes!

Mlle DUTHÉ. Vous avez parlé, en arrivant, d'une cousine...

PARIS. Oui!... Elle avait neuf ans, quand nos yeux se croisèrent pour la dernière fois. Je ne la reconnaîtrais pas, ni elle aussi; mais on m'a dit à Munich qu'elle était placée dans une bonne maison de Paris, et je vais me mettre à la chercher dans toute la ville comme une épingle.

Mlle DUTHÉ. Vous aurez bien de la peine à la découvrir?

PARIS. Oh! que si, en la demandant à tous les passans...

Mlle DUTHÉ. Et quel intérêt si grave avez-vous donc à la trouver?

PARIS. C'est que nous avons été promis en mariage, quand nous étions tous les deux dans le berceau.

Mlle DUTHÉ. Voilà un singulier arrangement!

PARIS. Ça se fait presque toujours comme ça en Bavière; vous prenez deux petits individus de sexe différent; ceci est de rigueur, et, le lendemain du baptême, les papas et les mamans les marient sans leur demander leur consentement. Du reste, ils ne le refusent jamais, les pauvres innocens, et ils sont condamnés à se rester fidèles jusqu'à leur décès.

Mlle DUTHÉ. Mais si vous rencontriez dans le monde une dame qui eût le pouvoir de vous faire tourner la tête?....

PARIS. Je la laisserais tourner tant qu'elle voudrait, et j'attendrais tranquillement que ça fût passé.

Mlle DUTHÉ. Ah! ah! vous êtes bien original!...

PARIS. Vous croyez? moi, pas... Nous autres Allemands, voyez-vous, nous naissons et nous mourons avec le même amour, c'est suffisant pour notre existence d'hommes, nous ne pourrions pas supporter deux inclinations, ça ferait un embrouillamini déplorable, on ne s'y retrouverait plus.

Mlle DUTHÉ. Tout cela est bien nouveau pour moi! vous ne ressemblez guère à nos galans papillons de Paris qui passent leur vie à voltiger.

PARIS. Le papillon est un être que je méprise!

Mlle DUTHÉ. Après cela, votre fidélité nationale, votre constance à toute épreuve sont des vertus qui séduiraient beaucoup de Parisiennes, et si vous voulez réussir, il faudra bien faire votre cour aux dames.

PARIS. Juste ciel! Et comment donc m'y prendrai-je?

Mlle DUTHÉ. Cela ne vous sera pas difficile! d'abord vous avez des avantages que tous les regards sauront remarquer.

PARIS. Vous voulez parler du physique?

j'en suis fort satisfait, quoique j'aie un peu mal aux yeux; du côté de l'esprit, je ne suis pas trop bête non plus.

Mlle DUTHÉ. Vous avez déjà fait des conquêtes?

PARIS. Jamais!... sur cet article-là, je suis ignorant comme un abbé... et je serais bien curieux de me voir en tête-à-tête avec une demoiselle qui aurait le malheur de me plaire... je veux être étranglé si je sais quel dialogue il faudrait employer...

Mlle DUTHÉ. Mais d'abord vous lui feriez l'aveu de votre passion avec modestie.

PARIS. Ça ne me mènerait pas loin!

Mlle DUTHÉ. Si la belle souriait, vous lui prendriez la main...

PARIS. Si elle ne souriait pas?

Mlle DUTHÉ. Vous la prendriez tout de même...

PARIS. Tiens, c'est gracieux de s'instruire comme ça, et puis en outre...

Mlle DUTHÉ. Vous lui demanderiez la permission de lui voler un baiser.

PARIS. Et si elle ne le permettait pas?

Mlle DUTHÉ. Vous le voleriez tout de même!

PARIS. Alors, ce n'est pas la peine de le demander!...

Mlle DUTHÉ. Ensuite vous tomberiez à ses pieds.... (Elle lui fait signe de se mettre à genoux.) Et vous lui diriez d'un air extrêmement timide......

PARIS, avec une chaleur emportée.

AIR : Vite, Marie, à ma toilette.

Pour calmer mon ardeur brûlante,
De cent baisers j'aurais besoin...

Mlle DUTHÉ, riant.

Ah! c'est une flamme effrayante,
Il ne faut pas aller si loin.

PARIS.

Eh! pourquoi?
Sur ma foi,
En pareil cas, je crois,
L'ame est brûlante.

Mlle DUTHÉ.

Trop d'ardeur
Nous fait peur
Quand on assiége un cœur.

ENSEMBLE.

PARIS.

J'ai l'air d'un amant en délire
Qui s'arrête au plus beau moment!
Si tout ça n'était pas pour rire,
Ah! vraiment, ce serait charmant!

Mlle DUTHÉ.

Déjà l'Allemand en délire,
Malgré lui cède au sentiment;
A ses dépens nous allons rire,
Ah! vraiment, ça sera charmant!

PARIS, avec exaltation. Je n'étais point préparé à cette émotion subite... Je ne sais que vous dire... mais si j'avais une gui-

tarc ou un cistre, je vous pincerais une
romance pour expliquer mon ravissement!

Mlle DUTHÉ. Prenez garde!... Et votre
cousine?

PARIS. Ah! miséricorde, c'est vrai!...
Vous alliez me plonger dans le crime,
ange de beauté!... Je voudrais avoir à moi
la Bavière, le Palatinat, la Carinthie et la
Carniole! je donnerais tout ça pour que
vous fussiez cette même cousine!

Mlle DUTHÉ. Eh bien, calmez-vous!...
peut-être se trouvera-t-elle.

PARIS. Vous la connaissez?

Mlle DUTHÉ. Oui.

PARIS. Et vous pourrez me la faire en-
visager?

Mlle DUTHÉ. Sans doute.

PARIS, la regardant. Oh! une idée, une
ravissante idée! Si par hasard, c'était... à
Paris les demoiselles font si vite leur che-
min!

Mlle DUTHÉ. Qui donc?.

PARIS. Je n'ose pas vous la spécifier...
vous détruiriez peut-être mon illusion;
j'aime mieux savourer ma chimère!...
Laissez-moi dans ma chimère, et conten-
tez-vous de savoir qu'entre nous, de mon
côté, c'est à la vie, à la mort!... A présent,
si je vous demandais votre nom?

Mlle DUTHÉ. Je ne vous le dirais pas.

PARIS, à part. Alors, c'est un sobri-
quet!

AIR: Je pars rempli d'espoir.

Oui, je dois à présent
Vous deviner et vous entendre,
Je vous serai constant,
Car je sais très-bien vous comprendre;
Vous chérir est mon devoir
Et vous plaire est mon espoir.

Mlle DUTHÉ.

Mais point d'infidélité!

PARIS.

Ah! Dieu, quelle atrocité!..
Devenir coureur...
Mais je serais forcé, madame,
De me faire horreur,
Si j'allais tromper une femme.

ENSEMBLE.

Mais je dois, à présent, etc.

Mlle DUTHÉ.

Vous devez à présent
Et me deviner et m'entendre,
Si vous êtes constant,
Vous pouvez très-bien me comprendre.

Elle sort par le fond.

SCENE VI.

PARIS, puis CHARLOTTE.

PARIS, la regardant sortir. C'est ma cousine Carlette! Saprejeu, c'est qu'elle est

très-jolie! M. Beaujon m'a envoyé dans
ces parages pour lui procurer la joie de
m'embrasser... Et ce bandeau qu'on m'a
mis sur les yeux, cette délicieuse farce du
jugement de Pâris, c'était une façon amu-
sante de me dérouter, pour savoir si mon
cœur allemand s'y tromperait!... Pardieu,
il y aurait là deux cents personnes que je
ne craindrais pas de leur dire que je suis
horriblement bête de n'avoir pas deviné
cet aimable logogriphe! (Il regarde l'appar-
tement.) Me voilà lancé dans le monde, et
avec mes lettres de recommandation... (Il
se fouille.) Oh! fichtre, j'ai perdu mon
portefeuille et mes lettres qui étaient de-
dans.... ah! je l'aurai oublié à mon hôtel
de la rue du Champ-Fleuri... Dans cette
autre poche... (Il en tire un papier.) Qu'est-
ce que c'est que ça? Ah! ce sont les instructions indiquées par mon oncle avant
de partir, et que j'avais mises à part... Je
ne ferai pas mal de les relire. (Il lit.) « A
» ton arrivée, tu iras faire voir tes yeux à
» un oculiste... » ce n'est pas cela... j'y
suis... « Manière de te conduire en so-
» ciété : 1° On passe tout aux dames si on
» veut, principalement à celle de dix-sept
» à quarante ans inclusivement; 2° quant
» aux hommes, il est interdit de se laisser
» marcher sur le pied; 3° ceci est le tarif :
» Pour un démenti, un camoufflet... pour
» le mot imbécile et consorts, un coup
» d'épée... pour une pichenette, un idem...
» pour un coup de pied dans n'importe
» où, deux idem. » Il y a encore plus de
trente idem.. Ainsi je suis ferré à glace...
Il paraît que ma cousine a amassé bien du
bien!... Il est à croire qu'elle a obtenu
à Paris un emploi fort lucratif!... tant
mieux!...il n'y a jamais trop de bonheur
pour les honnêtes femmes!... Raison de
plus pour l'idolâtrer.

AIR des Fileuses.

Oui, compte sur moi, ma belle,
Et souviens-toi fermement
Qu'en jurant d'être fidèle
Je jure comme un Allemand.
Femmes à grands priviléges
De la ville ou de la cour,
Je me ris de tous vos piéges,
Je ne veux qu'un seul amour.

Oui, compte sur moi, etc.

SCENE VII.

PARIS, CHARLOTTE, puis ALTA-MORE.

CHARLOTTE, posant deux flambeaux sur
la table. Le voilà!... il faut absolument
que je lui parle... Monsieur?

ALTAMORE, *entrant du fond.* Mademoiselle, on vous demande.

CHARLOTTE, *à part.* Altamore!... si je dis un mot, il le tuerait... (*A Altamore.*) Il suffit, je sors...

En sortant, elle cherche à faire quelques signes à Paris.

SCENE VIII.
ALTAMORE, PARIS.

ALTAMORE, *à part.* Tâchons de nous souvenir de tout ce que M. de Bièvre m'a indiqué. (*Haut.*) Monsieur, je m'empresse de voler à votre rencontre pour m'informer si vous n'êtes pas le jeune homme dont... auquel?

PARIS. J'ai cet amour-propre-là... mais vous-même?

ALTAMORE. Je me transporte céans afin de gazouiller de notre affaire?

PARIS. Et de quelle?

ALTAMORE. De la place dont Beaujon doit vous en donner une.

PARIS. Oh! parfait!... vous êtes son ami, monsieur?

ALTAMORE. Je suis Altamore, son associé et son faible émule!

PARIS. Matamore! c'est un nom superbe!... Monsieur, couvrez-vous donc.

ALTAMORE. Merci, je le suis... Monsieur, après les renseignemens qui ont été pris sur vos moyens moraux, je m'honore de vous déclarer que vous êtes capable de *toute!*

PARIS. De *toute*, c'est *beaucoupe*... c'est peut-être *trope!*

ALTAMORE. Ce n'est pas même assez!... aussi Beaujon vous fait dire de vous ouvrir à moi...

PARIS. Monsieur, pour m'ouvrir, il faudrait savoir d'abord les places qui sont disponibles?

ALTAMORE. Choisissez...

PARIS. Par exemple, receveur des tailles?

ALTAMORE, *avec mépris.* Oh! non!...

PARIS. Eh bien! les gabelles? je ne serais pas fâché de me blottir dans le sel.

ALTAMORE. Nous avons des visées plus hautes!

PARIS. Ah! des visées... je ne comprends pas cette expression.

ALTAMORE. Ni moi non plus... mais ça ne fait rien. (*A part.*) Etourdissons-le par des billevesées pour l'amener à mes fins. (*Haut.*) Dites-moi, une supposition, voudriez-vous être inspecteur des pommes de terre du gouvernement?

PARIS. Comment, les pommes de terre?

ALTAMORE. Oui, c'est un nouveau lé-

gume qu'un philosophe, connu sous le nom de Parmentier, vient de découvrir, et que l'Académie des Sciences a baptisé du nom de tubercule, sans qu'on sache pourquoi.

PARIS. Ni moi non plus.

ALTAMORE. Les ministres ont jugé à propos d'ensemencer toutes les landes de Bordeaux de ce même tubercule, pour faire du pain de gruau.

PARIS. J'approuve beaucoup cette idée ingénieuse; mais expliquez-moi, monsieur Matamore, quelles seraient mes fonctions relativement auxdites pommes de terre.

ALTAMORE. Vos fonctions consisteraient à les regarder pousser tranquillement, en vous tenant exposé en plein vent.

PARIS. Pluie ou non?

ALTAMORE. A chasser certains animaux bien connus, s'ils venaient les déterrer.

PARIS. Je devine parfaitement le nom de ces animaux!... j'en ai mangé, du saucisson!

ALTAMORE. Ensuite, après être resté pendant six mois environ, vous écrivez au gouvernement qu'il vienne faire sa récolte lui-même; et voilà l'objet...

PARIS. Passons, passons, ça ne me va pas du tout, je craindrais les coups de soleil.

SCENE IX.
LES MÊMES, CHARLOTTE, BEAUJON, INVITÉS.

CHARLOTTE. Voilà mon parrain avec ses amis.

PARIS, *voyant entrer tout le monde.* Ah! mais dites donc, monsieur Sycomore, savez-vous que voilà du beau monde... Je suis enchanté de lorgner les nombreux appas de ces dames.

Il salue et fait le beau.

CHOEUR.

Air: *A ton bonheur, à ta santé* (des Deux Reines).

Tous rassemblés par la gaîté,
Fêtons le roi de la finance,
Citons sa générosité
Comme un modèle à l'opulence.
Ce sybarite sait unir
Les bienfaits avec le plaisir.

BEAUJON, *entrant.* Bonjour, mes reines, bonjour.

PARIS, *à Altamore.* Quel est donc ce monsieur-là... ce monsieur dont l'abdomen est recouvert d'une belle veste d'or? ventrebleu!

ALTAMORE. Ça, eh bien! c'est Frérot.

PARIS, *à part*. M. Frérot... sans doute quelque gros bonnet. (*A Beaujon.*) Monsieur Frérot... permettez... Certainement, monsieur Frérot.

BEAUJON, *bas*. Qu'est-ce que c'est que ça?

Mlle DUTHÉ. Le jeune homme que vous nous avez envoyé.

BEAUJON. Ah! bon! ne me faites pas connaître... il m'ennuierait à mourir...

PARIS, *à part*. J'ai l'air de lui revenir beaucoup.

Il le salue encore.

BEAUJON, *dans un coin du théâtre*. Il m'a été impossible de vous rejoindre plus tôt, mes charmantes... M. Necker m'avait fait appeler... pour un nouvel emprunt, car nous allons avoir la guerre avec l'Angleterre...

PARIS, *qui s'est approché*. Ah! vous croyez que le léopard britannique....

BEAUJON. Parbleu, j'en suis sûr... tout cela va me coûter beaucoup d'argent.... mais ces détails vous ennuient... vous fatiguent... ne songez qu'au plaisir... Allons, messieurs, le jeu, la danse, sont ici à votre discrétion ; faites honneur à la Folie Beaujon...

La musique du chœur reprend; les dames et les invités sortent en partie; d'autres se mettent aux tables de jeu.

PARIS, *à part*. Je ne sais pas sauter le moins du monde; mais c'est égal, il faut que je l'invite... (*Il montre Mlle Duthé et va à elle. Haut et avec force.*) Mademoiselle, voulez-vous danser ?

Mlle DUTHÉ, *riant*. Mais oui, monsieur.

PARIS. Eh bien! dansons ensemble... dansons une sarabande... Bah!

Mlle DUTHÉ. Volontiers.

Elle lui donne la main.

PARIS, *à part en l'entraînant*. Sac à papier! je vais avoir de l'agrément... Tant pis si ce n'est pas ma cousine.

Il sort avec elle sur les dernières mesures.

SCENE X.

BEAUJON, ALTAMORE, JOUEURS *occupés aux tables*.

BEAUJON. Altamore?

ALTAMORE. Présent, Frérot.

Il salue militairement.

BEAUJON. Dis-moi, on n'a pas trop tourmenté ce pauvre jeune homme, n'est-ce pas ?

ALTAMORE. Non, non... il est très-content, il va très-bien : il est taillé en niais de première force.

BEAUJON. Et les musiciens... le souper, tout cela est-il disposé ?

ALTAMORE. Soyez tranquille, Frérot, nous avons arrangé nos flûtes...

BEAUJON. Ah ! c'est que dans cette demeure, que j'ai fait élever à grands frais, je veux que rien ne manque à mes plaisirs ni à ceux de mes amis... Ici seulement le banquier de la cour respire en liberté !

AIR : *Ah! voilà la vie.*

Palais de féerie,
Amis du grand ton,
Jeux, danse, folie,
Brillant tourbillon ;
Voilà la folie,
La riche folie,
Voilà la folie
Du financier Beaujon.

REPRISE AVEC ALTAMORE.

Voilà la folie, etc.

ALTAMORE.

Beautés qu'on envie,
Amours sans façon,
Table bien servie,
Couplet de Pirou ;
Voilà la folie,
L'aimable folie,
Voilà la folie
Qui sait plaire à Beaujon.

SCENE XI.

LES MÊMES, PARIS, DE BIÈVRE.

PARIS, *rentrant avec de Bièvre*. J'ai produit beaucoup d'effet, et si je n'avais pas déchiré les robes de trois danseuses, je serais fort content de moi.

DE BIÈVRE, *assis*. Une partie, jeune Bavarrois.

PARIS, *il se place devant de Bièvre à la table de droite*. Parbleu, j'y tope... marquis de... de... Enfin c'est égal... c'est drôle... j'ai beaucoup de mémoire, mais je ne peux jamais me rappeler un nom.

BEAUJON, *à Altamore*. Ainsi c'est convenu... le jeu, la danse jusqu'au jour, et le souper à minuit... veille bien à tout cela, et si je ne danse pas, je joue, et surtout je soupe.

Altamore disparaît.

PARIS, *à la table*. Palsembleu, monsieur, voilà un coup bien désastreux que j'éprouve là ! aussi vous avez tous les cœurs, et moi tous les piques !

DE BIÈVRE. Hélas !

PARIS. Comment! et l'as ? Ah ! ah !

BEAUJON, *qui a été à plusieurs tables*. Quoi donc, jeune homme, est-ce que vous faites déjà de mauvaises affaires ?

PARIS. Mais oui ; vous êtes bien bon, monsieur Frérot, je me ruine à faire dresser les cheveux.

BEAUJON, *il s'approche de lui et regarde son jeu.* Mais avec un jeu pareil il est impossible de ne pas gagner. (*A de Bièvre.*) Marquis, je parie deux cents louis contre vous.

DE BIÈVRE. C'est beaucoup ! mais je les tiens !...

PARIS. Il les tient! il les tient! pas encore.

BEAUJON, *frappant sur la table.* Perdu ! Eh ! monsieur, vous jouez comme un imbécile !

PARIS, *avec calme.* Oui. (*Avec colère.*) Imbécile!... imbécile... attendez donc.

Il tire un papier de sa poche et l'examine.

BEAUJON. Eh ! oui, monsieur, imbécile!... j'ai payé deux cents louis le droit de vous le dire.

PARIS, *montrant le papier.* Imbécile ! ce mot là n'est pas permis par mon oncle.

BEAUJON. Eh ! je me moque bien de votre oncle !

Il frappe du pied et marche sur celui de Pâris.

PARIS. O ciel ! on m'écrase ; monsieur Frérot, vous m'avez marché sur le pied ! ce procédé est intolérable avec les tubercules que je possède dans ma chaussure ! et les instructions de mon cher oncle... « Ne te laisse jamais marcher sur le pied.» Il y a ça, il y a ça... ça y est, ça y est.

Il montre le papier.

BEAUJON. C'est un idiot !

PARIS. Un idiot qui vous demande positivement raison...

BEAUJON. A moi ! vous me demandez raison !

PARIS. A vous... à la seconde personne du singulier... monsieur Frérot !

FINAL.

AIR *nouveau* (de J. Doche).

CHOEUR.

Ah ! quelle extravagance !
A cet aimable amphitryon
Comment, dans sa démence ,
Ose-t-il demander raison ?

PARIS, *à Beaujon.*
Allons, le gros ! qu'on se prononce...

BEAUJON.
Allez donc vous promener.

PARIS.
Non, j'exige une réponse.

TOUS, *avec Beaujon.*
Une réponse?

BEAUJON.
Eh bien ! je vais la lui donner.
Appelant.
Altamore !

ALTAMORE.
Me voici !

BEAUJON, *montrant Pâris.*
Qu'à la porte on jette... ceci....

PARIS. Comment ! ceci ! ceci !... ne suis-

je plus un homme ! Ceci! me prend-on pour une chose !!!

TOUS.
Suite de l'air.
A la porte qu'on le jette,
A la porte le trouble-fête.

Altamore veut se précipiter sur lui.

BEAUJON.
A Pâris.
Arrêtez! mon petit monsieur.

ALTAMORE, *vivement.*
Et respectez cette demeure.

PARIS, *regardant Beaujon.*
Monsieur, vos armes et votre heure.
Ils tremblent tous, je ris de leur frayeur,
Je ris de leur frayeur,
Je leur fais peur,
Ah ! quel honneur !
Je triomphe, je suis vainqueur.

REPRISE DU CHOEUR.
A la porte ! à la porte!

Altamore a pris Pâris au collet pour le faire sortir, Pâris lui donne des coups de pied; tout le monde le suit et sort; Beaujon reste seul en scène.

SCENE XII.

BEAUJON, *puis* PARIS.

BEAUJON. Enfin m'en voilà débarrassé.

PARIS, *rentrant par la droite.* Pas encore, monsieur Frérot! j'ai échappé à tous vos sicaires.

BEAUJON. Mais je n'ai pas le temps de vous écouter.

PARIS. Je suis désolé que ça vous dérange ; mais je tiens à mon coup d'épée : je n'ai que ça pour me faire connaître dans le monde, et vous ne voudriez pas m'en priver!...

BEAUJON. Ainsi, monsieur, vous êtes bien décidé ?

PARIS. Résolu comme un lion d'Afrique.

BEAUJON. Alors on va vous satisfaire!

PARIS. Allons donc, allons donc.

Beaujon s'approche de la cloison et cherche le cordon de sonnette ; il sonne.

SCENE XIII.

LES MÊMES, ALTAMORE, *sortant vivement d'un cabinet à droite.*

ALTAMORE , *salut militaire.* Présent !

BEAUJON. Voici monsieur qui désire te parler, Altamore !

PARIS. A lui... mais pas du tout , je

trouve, au contraire, sa conversation fort insipide...

BEAUJON. Ne voulez-vous pas vous battre?

PARIS. Je l'exige...

BEAUJON, *même jeu.* Eh bien! voilà votre homme.

ALTAMORE. Voilà votre homme... une, deux... Ah! ah!

PARIS. Votre homme!... une, deux... Que signifie cette nouvelle charade?

BEAUJON, *même jeu.* Cela signifie que je lui donne quatre mille francs par an pour se battre à ma place.

ALTAMORE. Voilà, mon poulet, l'état que j'exerce ici!

PARIS. Ah bien! c'est du nouveau, par exemple! je suis comblé d'étonnement!...

ALTAMORE. Ne craignez rien, jeune homme; j'ai contracté pour vous des façons amicales qui ne se démentiront point; vous en serez quitte pour deux jolies petites blessures dont vous indiquerez vous-même la place. Vous serez servi au choix.

PARIS, *le toisant.* Cette ironie me fait mousser d'indignation... (*A Beaujon.*) Monsieur le financier, puisqu'il en est ainsi, je change d'idée, j'aime mieux des excuses!...

BEAUJON. Eh bien! soit. (*Bas à Altamore.*) Dis à monsieur qu'il est un imprudent.

ALTAMORE, *à Pâris.* Monsieur, vous êtes un impudent.

PARIS, *tirant son papier.* Un impudent... ça y est... un coup d'épée.

BEAUJON. Qui méconnaît son rôle.

ALTAMORE, *à Pâris.* Un drôle!

PARIS. Ça y est encore, deux coups.

BEAUJON. Un freluquet!

ALTAMORE. Un paltoquet!...

PARIS. Idem, trois coups! Ah çà! Auvergnat, vous voulez donc que je vous réduise à l'état d'écumoire?

ALTAMORE. Assez causé...

PARIS, *prenant la main d'Altamore avec colère.* Oui, assez causé, monsieur Sycomore. (*A part.*) Je sais très-bien son nom à celui-là... (*Haut.*) Maintenant l'affaire ne peut plus finir que sur la verte pelouse.

ALTAMORE. Celle du jardin en bas...

PARIS. J'y serai dans dix minutes... je vais chercher des armes de toute espèce.

BEAUJON, *à part.* Il est brave!

Il entre dans son cabinet et fait signe à Altamore de le ménager.

PARIS *et* ALTAMORE, *avec gaîté.*

ENSEMBLE.

AIR: *Sur la prairie* (du Pré-aux-Clercs).

Sur la prairie,

Fraîche et fleurie,
Mort de ma vie,
Il faut nous découper.
Bonheur suprême,
Plaisir extrême,
Je veux moi-même
Ici vous écharper.

ALTAMORE. Vous êtes un drôle!

PARIS. Drôle... pas si drôle que vous.

ALTAMORE. Si fait, plus drôle que moi.

PARIS. Plus drôle que vous? quelle insolence!

ENSEMBLE.

Sur la prairie,
Fraîche et fleurie, etc.

Pâris sort avec Altamore.

SCENE XIV.
CHARLOTTE, *et* Mlle DUTHÉ.

Elles sont entrées par la droite, sur la fin de l'ensemble.

CHARLOTTE. Je vous l'avais bien dit, mademoiselle, ils vont se battre.

Mlle DUTHÉ. Mais je ne souffrirai pas que les choses aillent si loin.

CHARLOTTE. Comment l'empêcher?... A moins de recevoir des excuses, jamais Pâris ne cédera; il est très-brave, mon cousin; car maintenant vous savez que c'est mon cousin, je vous ai tout avoué, et je ne compte que sur vous pour le sauver.

Mlle DUTHÉ, *réfléchissant.* Il faudrait trouver le moyen de faire faire à Beaujon le premier pas.

CHARLOTTE. Oh! il n'y consentira jamais, jamais; il est si entêté, mon parrain!

Mlle DUTHÉ. Mais qui donc viendra à notre secours?

SCENE XV.
LES MÊMES, DE BIÈVRE.

DE BIÈVRE, *entrant du fond.* Moi, j'ai un moyen sûr, et c'est le hasard qui me l'a fourni.

CHARLOTTE. Comment?

DE BIÈVRE. Laissez-nous, Charlotte.

Elle sort.

DE BIÈVRE, *à* Mlle *Duthé.* Beaujon vous trahit...

Mlle DUTHÉ. La preuve?...

DE BIÈVRE. Je vous l'apporte...

Mlle DUTHÉ. Vous m'effrayez!...

DE BIÈVRE. Elle est dans ce portefeuille que j'ai trouvé dans le jardin. Le voilà!... il renferme une lettre dont la suscription est accablante pour vous!...

Mlle DUTHÉ, *vivement.* Voyons-la donc...

(*Elle prend dans le portefeuille une lettre cachetée et lit dessus :*) « A Beaujon, sa » meilleure amie...» Sa meilleure amie !.. Vous aviez raison, marquis... mon règne est passé !... Au moins, en perdant ma place, je veux connaître celle qui me destitue... (*Elle brise le cachet*) Que vois-je?.. une dame allemande... des amours secrets !... (*Elle lit*) : « Vous êtes devenu » banquier de la cour, et Emmeline est au-» jourd'hui une grande dame... mais elle » vous a oublié... vingt ans se sont écou-» lés depuis notre séparation. »

DE BIÈVRE. Alors, c'est de l'histoire ancienne ; il y a prescription !

Mlle DUTHÉ, *continuant.* « Rappelez-vous » Munich !... les promenades mystérieuses » du Prater et vos sermens trahis !... le » jeune homme qui vous remettra cette » lettre a été élevé dans l'ignorance de sa » naissance, mais vous ne remplirez qu'un » devoir en ayant pour lui l'amour d'un » père... Signé EMMELINE. » Voyons dans ce portefeuille ; (*elle l'examine*) oui , son nom, ses papiers... c'est bien lui !...

DE BIÈVRE. M. Pâris Miller ?...

Mlle DUTHÉ. Ah ! Beaujon ! voilà votre voyage de Bavière expliqué. Vous avez raison, marquis... il ne peut maintenant.

DE BIÈVRE. Silence ! voilà M. Pâris.

SCÈNE XVI.
LES MÊMES, PARIS.

PARIS, *portant deux lourdes épées et des pistolets à sa ceinture.* Me voilà suffisamment armé !... Qu'on m'exhibe M. Frérot !

DE BIÈVRE. Arrêtez !... malheureux...

PARIS. Pourquoi malheureux ?

Mlle DUTHÉ. Celui que vous appelez Frérot se nomme... Beaujon.

PARIS. Mon protecteur !... Ah ! quelle horreur !

Il pose les armes sur la table.

Mlle DUTHÉ, *à Pâris, à mi-voix.* Nous avons le moyen de désarmer votre ennemi !

DE BIÈVRE. Et de vous procurer un sort magnifique.

PARIS. Plus de vingt-cinq louis ?...

DE BIÈVRE. Beaucoup plus.

PARIS. Je suis votre homme ; dites-moi le secret...

Mlle DUTHÉ. Impossible ! il ne nous appartient pas : Beaujon seul a le droit de le divulguer.

PARIS. Eh bien ! alors ?

DE BIÈVRE. Nous allons dire à Beaujon que vous voulez lui parler...

PARIS. Et qu'est-ce que je lui dirai ?

Mlle DUTHÉ. Un seul mot !

PARIS. Lequel?

Mlle DUTHÉ. Un nom de femme... Emmeline... et ce mot suffira pour qu'il vous comble d'amitiés.

DE BIÈVRE. Vous entendez... Emmeline.

PARIS. J'entends , mais je comprends moins...

DE BIÈVRE. C'est inutile pour le moment.

Mlle DUTHÉ. Nous allons vous envoyer Beaujon.

Elle sort avec de Bièvre.

SCÈNE XVII.
PARIS, *seul.*

Je l'attends de pied ferme. Depuis que je suis ici , je ne devine rien, et je marche avec une lanterne où il n'y a pas de chandelle... Le mystère le plus compliqué continue à régner plus que jamais... enfin, c'est égal. Voilà M. Frérot; rappelons-nous bien le nom de baptême qu'on m'a dit de lui énoncer, pour qu'il me dévore d'amitiés ! Oh ! je le tiens bien ce nom-là , par exemple... Répétons-le , pour ne pas l'oublier.

Il marmotte tout bas.

SCÈNE XVIII.
PARIS, BEAUJON.

BEAUJON. Eh bien ! voyons, qu'avez-vous à me dire, monsieur ?

PARIS. Avant de massacrer votre associé j'ai des révélations à faire...

BEAUJON. Parlez.

ALTAMORE. Nous écoutons.

PARIS. Vous y êtes ?

ALTAMORE. Depuis long-temps.

PARIS, *avec explosion.* Joséphine !...

BEAUJON. Eh bien?

PARIS. Ça ne vous fait rien ?

BEAUJON. Pas la moindre chose !...

PARIS. Ah ! c'est que je me suis trompé. Caroline ! Clémentine ! Ernestine ! Robertine ! Alphonsine !... Eh bien ! vous restez là comme une tête de bois, vous ne dites rien...

BEAUJON. Je dis, monsieur, qu'au lieu de vous envoyer en prison, je vais vous faire conduire à l'hôpital des fous.

PARIS. Allons, bon... me voilà aliéné, maintenant !...

BEAUJON. Altamore... fais avancer une voiture, et délivre-moi enfin de ce monsieur.

ALTAMORE. C'est ça... à Charenton.

PARIS, *le toisant.* Mon protecteur, c'est bien petit de votre part... Mais!... qu'est-ce que ça me fait à moi, Charenton!... C'est un monument à voir, et je veux y aller au nom de votre ingratitude, pour prouver que vous y avez mis le dernier sceau. Partons!...

Il fait un pas pour sortir avec Altamore.

SCENE XIX.

LES MÊMES, Mlle DUTHÉ, DE BIÈVRE, CHARLOTTE, INVITÉS.

Mlle DUTHÉ. Arrêtez... il n'y a personne de fou ici... il n'y a qu'un coupable, (*désignant Beaujon*) et c'est vous!

BEAUJON. Moi?

Mlle DUTHÉ. Oui, monsieur, lisez.

Elle lui donne la lettre.

BEAUJON, *qui l'a parcourue, bas.* Emmeline?... Et ce serait lui!...

PARIS. Emmeline!... voilà le nom que j'avais tronqué.

BEAUJON, *se jetant dans les bras de Pâris.* Ah! mon ami...

PARIS, *surpris.* Votre ami, à présent?... je reviens donc encore sur l'eau?

BEAUJON. Tu ne me quitteras plus.

PARIS. Il me tutoie...

BEAUJON. Je veux expier tous mes torts en t'accablant de bonheur et de richesses!..

PARIS, *avec explosion.* Juste ciel! est-ce définitif?... Tout-à-l'heure je n'étais pas fou; mais vous allez me le rendre, si vous ne me dites pas pourquoi tout cela...

BEAUJON. A quoi bon?

PARIS. Le mystère le plus compliqué...

BEAUJON. J'ai commis jadis une faute que j'avais besoin de réparer... la fortune ne suffisait pas pour me la faire oublier. Aujourd'hui tous mes vœux sont accomplis, tous mes désirs sont satisfaits.

Il lui offre la main.

PARIS, *la prenant.* Vous me pardonnerez les mots drôles que je vous ai dits?

BEAUJON. De grand cœur!... seulement nous referons ton éducation... et plus tard nous trouverons peut-être dans ce luron-là de quoi faire un fermier général...

PARIS. Il y en a qui ont la bêtise de n'avoir pas plus d'esprit que moi!...

Mlle DUTHÉ. Très-bien, Beaujon!.... Je vous aimais, à présent, je vous adore!... mais je veux aussi faire quelque chose pour votre protégé, et je le marie avec sa cousine...

PARIS. Ma cousine? vous l'avez donc déterrée quelque part?

CHARLOTTE. Elle n'était pas loin de vous!...

Mlle DUTHÉ. C'est Charlotte.

BEAUJON. Ma filleule!...

PARIS, *avec chaleur.* Elle!... Carlett Brunner?... ma petite cousine de neuf ans... et j'ai eu la bassesse de ne pas la reconnaître!..

CHARLOTTE. Pourtant je ne demandais pas mieux.

PARIS. Je vous dois cent baisers pour la peine! et je paye les coupons de l'emprunt.

Il lui saute au cou.

ALTAMORE. Un instant, beau Pâris... cette jeunesse m'est dévolue... et c'est en mariant nos deux épées qu'on saura qui l'épousera!... une... deux.

BEAUJON. Silence!... Je t'ordonne de respecter monsieur comme moi-même.

PARIS. Comme lui-même!... drôle!... impudent! paltoquet!

ALTAMORE, *le menaçant.* Monsieur...

PARIS. Ah! ah!

DE BIÈVRE. Allons, mon cher, ne vous emportez pas, vous vous en porterez mieux.

PARIS. Ah! ah!

BEAUJON. Mes amis, c'est à la Folie-Beaujon que nous ferons la noce!... Je veux que cette fête soit éclatante; j'y dépenserai cinquante mille livres.

PARIS. Homme généreux! je vous bénis, et je vous ferai élever une statue à mes frais, quand vous m'aurez donné de quoi l'acheter...

CHŒUR.

AIR : *Mire dans mes yeux tes yeux.*

Plus de fâcheux souvenirs,
Et que la journée
Que l'amour vient de finir
Soit toute au plaisir;
Pour embellir
Son heureux hyménée,
Sachons unir
L'amour et le plaisir.

PARIS, *au public.*

AIR : *En amour comme en amitié.*

Le mystère le plus compliqué
Règne toujours sur ma barcelonnette;
Si par quelqu'un il m'était expliqué,
D'un objet idéal pour lui je f'rais emplette.
J'offre un phénix à qui peut l'révéler,
Et j'donne en sus, afin de le connaître,
Trent' merles blancs, si l'on vent me promettre
De ne jamais leur apprendre à siffler.

REPRISE DU CHŒUR.

FIN.

PARIS. — Imprimerie de Ve DONDEY-DUPRÉ, rue Saint-Louis, n° 46, au Marais.

CATALOGUE DU MAGASIN THÉÂTRAL

Prix du Volume : 6 francs.

Prix du Volume : 6 Fr.